中国诗人

U0508462

廖明德
著

追 SUI●
随 YI●
一 ZHI●
只 NIAO●
鸟

去 LV●
旅 XING●
行

北方联合出版传媒（集团）股份有限公司
春风文艺出版社
·沈 阳·

图书在版编目（CIP）数据

追随一只鸟去旅行 / 廖明德著. —沈阳：春风文艺出版社，2018.8（2021.1重印）
（中国诗人）
ISBN 978 - 7 - 5313 - 5498 - 7

Ⅰ.①追… Ⅱ.①廖… Ⅲ.①诗集—中国—当代 Ⅳ.①I227

中国版本图书馆CIP数据核字（2018）第143220号

北方联合出版传媒（集团）股份有限公司
春风文艺出版社出版发行
http://www.chunfengwenyi.com
沈阳市和平区十一纬路25号　邮编：110003
永清县晔盛亚胶印有限公司印刷

责任编辑：韩　喆		责任校对：陈　杰	
装帧设计：琥珀视觉		幅面尺寸：125mm × 195mm	
印　　张：7		字　　数：125千字	
版　　次：2018年8月第1版		印　　次：2021年1月第2次	
书　　号：ISBN 978-7-5313-5498-7			
定　　价：26.00元			

版权专有　侵权必究　举报电话：024-23284391
如有质量问题，请拨打电话：024-23284384

总　序

　　中国是诗的国度。千百年来，人们沐浴在诗歌传统中，传诵着一代又一代诗人写就的经典之作。而伴随着现代社会和互联网的发展，信息的传播和接受更加便捷，诗歌的阅读与创作方式也在潜移默化中被改变，在信息量无限扩大的互联网世界，远离喧嚣、静赏诗意显得尤为珍贵。

　　中国诗歌网正是在这样的背景下应运而生。作为国家重点文化工程，中国诗歌网以建立"诗人家园，诗歌高地"为宗旨，迅速成为目前国内也是世界诗歌类互联网专业出版平台和中国诗坛最具权威性和影响力的文学阵地之一。

　　互联网时代诗歌创作的便捷激发了一大批诗歌爱好者与诗人的创作热情，他们在公交车上写诗，在工作间隙写诗，他们创作的诗歌作品贴近现实与生活，在追求好诗的道路上不断前进。春风文艺出版社有着久远的诗歌出版史，《朦胧诗选》和《汪国真诗词精选》曾一度畅销。近两年，春风文艺出版社一直致力于打造优质诗歌的品牌。本着推介中国当代诗人的原则，中国诗歌网与春风文艺出版社决定联合推荐出版"中国诗人"诗丛，共同打造"中国诗人"这一诗歌新品牌。该诗丛计划出版百部优秀诗集，在注重诗歌质量的同时，力求结合互联网与传统出版的优势，通过直观的文本呈现向读者介绍一批热爱诗歌、坚持诗歌创作的诗人，以期汇集中国当代诗歌优秀成果，展示当代诗人的创作实绩与创作风貌。

作为国家文化工程的中国诗歌网，推出"中国诗人"诗丛，也是在整个民族复兴的伟大进程中展示中国人崭新的精神风貌。因此，我们在百花齐放的诗坛，特别关注有家国情怀的厚重力作，提倡来自生活的独特发现，鼓励创新探索的艺术精品，推崇高雅纯真的诗情意趣。我们希望这套"中国诗人"丛书是体现诗坛正能量，能够引人向上、向善、向美的诗歌佳作。

我们满怀期待，我们也真诚希望广大诗人和诗歌爱好者关注这套诗丛，与诗同在，我们为此感到自豪和幸福。我们期待更多的诗人加入我们这套丛书，我们也期待这套丛书走进更多读者的心田！

叶延滨

2017 年中秋前夕于北京

序

　　纵观廖明德的诗歌，沉稳而不乏气韵，宁静的表述之中，浸润着一种潜在的、无声的情感激流，这种波澜不惊的艺术处理（呈现），应不是诗人刻意地追求或风格使然，而是诗人巨大的心性在诗意中坦然的释放。当诗歌的元素遇到诗人内敛、沉稳、平和的心智（秉性），我们所能看到的，就是诗人廖明德所呈现出的大量发自内心、缘于情感、酿于梦幻、驰骋于生命原野的诗篇。

　　当然，廖明德的诗歌是现实主义的范畴，它（诗歌）是深深地、长久地、持续地沉浸在生活的肌理之中，又在阳光下得以晾晒、烘烤、曝光而诞生的。所以，诗人的大部分作品都是接地气的生命的复活，它（诗歌）不忸怩作态，也不花哨轻狂，更不是那种妖里妖气的文字游戏。相反，这样的诗歌平实、自然、亲切、沉稳、洒脱、厚重，从而形成了廖明德独特的诗歌表现风格。

另一个特色，就是诗人不去写那些虚妄的、臆造的、诡异的意象堆积，而是一味地选取现实生活中看得见摸得着的题材，这些选材的使用，既不是豪言壮语、叱咤风云的高大上和假大空，也不是口流垂涎鬼话连篇乃至病态的自淫、自恋。那么，诗人都在写什么呢？请看：他在写真实的山川大河，写活着的原野与沉默的土地，写古老的村落、流浪的天空，写山村的逸事，写雨中的油菜花，他还写家乡的晒谷坪、低保户、老木匠、烟农、山里的女人，等等。当然，诗人绝不是泛泛地陈述和复制简单的现实场景，他是在层层剥茧般地深入，以求挖掘出掩埋于矿藏内部的"核"，我以为这个核，就是诗人对于生命的尊严，对于现实的感悟最深刻、最透彻也是最诗意最理想化的解读与剖析。

诗人再也抵挡不住情感的宣泄，他要在诗歌中尽情地怀想、思念、憧憬，甚至于任想象的翅膀无羁绊地飞翔在蔚蓝色的梦幻的天空，请看：

你全部的行当被搁在角落里 / 打开它们的时候 / 依

旧像遇见了久违的兄弟／那些斧头、刨子、钻头、锯子／睁着已经昏花的老眼／喊着和你患难了半辈子的时光／逐渐地说起／遥远的山风中，走村串乡的日子／你爽朗的声音／在每家每户的院子里抖擞／／如今，一切／早已面目全非／那些房子高挺着／有了钢筋水泥的骨骼／那些树木大摇大摆乘车去了远方／那些门窗和家什显摆着／各种日趋完美的材质和款式／你像一个／失去了／所有对手的将军。

——《山村逸事·之五　老木匠》

春天，我在青春醒转的光芒中／呼唤你／花朵走在开放的路途／百灵鸟在山谷中啼鸣／枝叶竞相吐绿／我叫醒了叶脉间青翠涌突的风／在一朵花蓄意含苞的时光里／静静地，呼唤你。

——《我用一生的时光呼唤你》

夜色深处／雪花窸窣飘零的声音／由远而近／失落的风自荒凉之野／搜寻／你半生的踪影／黑暗中你取下一根肋骨／点亮灯／记得那时／花朵簇拥着星光／搭起春天的舞台／鸟把欢乐垒筑在时光深处／／命运与你／从此／隔着一扇门／你与她／隔着一场雪。

——《往事》

我在心底挖一个洞把你掩藏／从此，我的体内就有了你的歌声／从此，我的心底就有了你眸光闪闪／我不敢去雨里淋湿／生怕你会伤风感冒／也不愿天太炎热／你可能会脱水中暑／／没有人知道你在我的心底／喧嚣的世界与我无关／我全身的血液和器官只是感知你的存在／你占据着我暗自的喜悦／也占据着我独自的思念／悄无一人时／我就把你拿出来观看／你一颦一笑让我觉得世界开满了鲜花。

——《我在心底挖一个洞把你掩藏》

今夜，我借了三千里路云和月／借了三百里崇山峻岭的时光／和三十年清新浩荡的风／还有湛蓝的天光中满山沾着露水的茶叶／那茶叶中你闪现着身影／今夜，我在每一个别离的路口／每一束思念的光影里／等你／／如果花儿纷飞如果春风浩荡／那是我穿越而来的身影／如果月色盈盈如果星光四落／那是我寻觅你的踪迹／飘浮的云，潺潺的流水／以及所有你亲身经历过的地方／到处荡漾着你的笑脸／／今夜，我只在每一个梦的出口等你。

——《今夜，我在每一个梦的出口等你》

其实，被无情淹没在汹涌的时光汪洋里的，不是老木匠渐行渐远的孤独身影与声声叹息，而是将无尽的往事切开之后，诗人不忍心看到真实的细节中爬行着的曾经在场的一具具梦幻的躯壳。然而，我们都将是属于自己的"老木匠"。以至于后来，诗人刻意抽出一根肋骨，耐心地搭建一座可以安放得下"往事"的房子，尽管你与她隔着一扇门，抑或隔着一场雪。为了让如此沉重的往事复活，诗人甘愿在心底挖一个洞，去掩藏一个人的身影，诗人这样说，"从此，我的体内就有了你的歌声；从此，我的心底就有了你眸光闪闪"，就这样，披着这冰冷的月光，诗人固执地坚守在温柔的想象中，我在每一个梦的出口，等你的不期而至。

·所以说，在廖明德大量的诗歌作品中不难看出，诗人的情感是炽热的、迸发的，诗人的想象是温暖的、浪漫的，进而才让他的诗歌（文字）有了人情的温度和人性的光芒，诗歌意象的搭建以及表述语言的鲜活、质感，有机地构筑了诗性的往复与审美向度的确立。另外，诗歌中不乏大量唯美因素（基因）的潜在复活和觉醒，它与跳跃的意境在不断的更替间不期而遇，在彼此的相融与释放中，再现出一种神秘的童话的色彩，这将是廖明德诗歌上述特点之外的又一不可忽视的创作风格。

当然，诗人应该注意的，是如何走出自我、解脱自我，跳出诸多现实的羁绊与局限，去仰望星空或者海纳百川，去关注现实，更要凝眸历史，在宏阔而深邃的思绪中拓展、建构自己庞大的诗歌格局，或许这将是诗人下一步诗歌创作努力的方向和为之不懈奋斗的目标。

我为岭上樵夫《追随一只鸟去旅行》诗集写序的缘完全起源于童年我母亲讲给我听的一个传说：乾隆皇帝三下江南时，有幅古画名叫《望斧图》价值连城，很多地方官吏四处寻索这古画想贡献给乾隆皇帝求升官敕封。画面上青翠峻峭的山峰逶迤绵延，天色已近黄昏，山脚下有个樵夫，他肩担两大捆柴抬头恋恋不舍地回望着山顶，浑身上下及手中就是少了把砍柴的斧头。后来有个画画的人看这画景色宜人，特别对樵夫遥望山顶时的一脸沮丧与无奈深有感触，也就模仿这幅画画了一幅，并给樵夫手中添加了一把斧头，但这幅画最终却没有人问津。而这幅古画《望斧图》一直流传在人间，至今尚未找到。

所以，我就是冲着岭上樵夫这个特别遥远特别亲切又特别熟悉的微信名字，答应帮他写好这个序，如今序已写完多日，但我的心却还在淳朴原始泥土味和乡村岭上清香味的诗歌中回味思忖。

岭上樵夫如今你的斧头在哪儿呢，在山顶？还是在你的诗歌里？

安娟英

2018年5月28日

　　作者简介：安娟英，笔名梁溪安静（诗的女儿、佛的信女），《星星》《湖风》诗刊执行主编、《中国诗人》《词坛》杂志主编。

目　录
CONTENTS

九月，一群柿子站在枝头

目 录
CONTENTS

目　录
CONTENTS

我用一生的时光呼唤你

目　　录
CONTENTS

目　录

CONTENTS

目　录
CONTENTS

目　　录

目　录
CONTENTS

目　　录
CONTENTS

九月，一群柿子站在枝头

芭　蕉

还是一片硕大的枝叶
还是靓丽的姿容
可是你努力结出的果子
只是一个芭蕉的外壳
包裹着空洞无物
包裹着一场徒劳无功

当初苦心经营的雄心壮志
被彻底瓦解
你终于算错了一步
你的身影转眼成了摆设
成了一种不合时宜的讥诮

你结出的只是一串串
饱经沦陷的尴尬和干瘪的羞涩
你张开的手臂徒然呼唤着
脚下的土地阴差阳错地响应
四野的空气无动于衷地冷漠

你不知道是否应该后悔
当初一念之差的轻率

可是，你记得千里之外
那一片硕果累累的浩瀚丛林
那一片海风温润飘香的吹拂
那一片激情和梦想谱写的绚烂和传奇

可是，你依然渴望着
这一片空阔荒芜的野地上
有一天，人民可以
不再背井离乡，大地重新回暖
重新积攒起全部的热情

你沉思着，回到渐渐冷静的心里

注：在我的家乡，常常可见许多生长的芭蕉树，它
们枝叶葱茏，葳蕤茂盛，却总是结不成果实。

集 日

山，赶集来了
把满山满野的风
沟沟壑壑的花
一年四季的收藏带来了

水，赶集来了
一群群鱼儿在水声喧哗中
鼓着鳃帮，摆着尾儿
丝丝蔓蔓的水草摇曳
把小河涨水的春汛带来了

天上的云，赶集来了
春风吹拂的云彩
展开五色斑斓的城堡
阳光赏心悦目
描绘着一处处飘忽喧闹的锦绣

山村，赶集来了

穿戴得整整齐齐

三三两两，走在五日一集的路上

八月，金黄的声音在田野里响起

八月，金黄的声音在田野里响起
颤响在山村没日没夜的天空
潮水般一浪高过一浪
盖过了所有河水的流淌

山村，在一种按捺不住的喘息中
站了起来
把烟卷上茶余饭后的闲话摁灭
把日子里纷纷扰扰的纠缠搁置
把镰刀的锋芒磨拭得锃亮
把谷仓掏空了整理修缮

夜色中，走上田埂
把天空望了又望
打稻机已被擦拭得干干净净
如一声号令
等候在院子里

收割机远道而来

收割机远道而来伫立在田野

如一道崭新的风景

让留守山村的老幼病弱嘘了一口气

让八月紧蹙的眉头松弛轻缓下来

把价格谈妥

把日子定好

把镰刀放回原来的地方

把老掉牙的打稻机弃在角落

也无须脱去鞋袜

就在田埂上看一场

赏心悦目的风景

看稻野中挣扎了一代代的人群

看齐腰淹没的谷浪

任由收割机的庞然大物

把山村千年的困扰和焦虑

一转眼收拾得干干净净

八月，从此不再是一个

汗水淋淋的话题

乡　音

从普通话的日子
走出去
走向生活颠沛流离的天涯海角

你走了那么远
走了那么久
口袋里的乡音如一壶酽酽的茶
夜夜流着清冷的月光

只有走在归家的土地上
你才终于可以打开
那封存了的壶盖
时光流逝，满壶的记忆
早已酝酿成香醇的酒
颤颤地举起杯
仍是地道醇正的原汁原味
和左邻右舍喊一声
你就醉了

就已经泪流满面

那柳树下的池塘
门前枝叶婆娑的杨梅
是它们沿着那些记忆犹新的呼喊
帮你一一找到儿时的场景
还有离家时的乳燕
田野上无数次开在梦里的油菜花
仿佛一直就在那儿喊着你的乳名
等你

今夜，故乡的山峦月华流泻

半夜，月光的身影
走进来。她推开窗户
坐在椅子里，坐在
我的床沿上。悄悄说出
一片轻柔温情的话语
又似乎是亲人的目光
在闪闪地浮泛着

一种久违的气息光洁如兰
充满房间，充满我从一场梦里
悠悠醒转的路上。仿佛
我不再漂泊，不再
辗转于山雨欲来风满楼的日子
仿佛，我又回到了
老屋门前，那一条
绿了黄了又绿了的村边小溪

我站起来泡一杯月光的香茗

许多的事情漂浮着

缓缓坐在时光静止的流水里

今夜，风不再飘摇

雨不再流浪

故乡的山峦月华流泻

走向田野

清晨，小鸟舔破了第一缕晨曦

把歌唱响

醉眼惺忪中山村醒来了

山村不慌不忙检阅着迎面而来的日子

和季节走过的田埂

泥土的芳香令人陶醉

空气中，隐现着星星闪射的光辉

一泓清泉流淌的歌吟在黎明弹响

一些树在青枝绿叶中展开了春天的讨论

一些草撒开了腿，转眼

抢占了一野辽阔之中的发言

大地袒露着五彩缤纷的琴键

命运的花朵千姿百态

绽放在用心经营的原野上

一阵风敛翅在树林里

仿佛潜心酝酿着

一场史无前例的风暴

我走向田野
看虫鸣蛙鼓的波浪撤去了
昨夜通宵达旦的盛筵
布谷鸟的歌声传来，细雨纷纷洒落
田野里，一群蓑衣斗笠
倾听着泥土新鲜的絮语

我挽起裤腿，旭光中
我的犁铧闪闪发亮，豪情万丈

老 五（组诗）

1

老五今年提早回家
提早带回来了
这些年
全家人在外漂泊的时光

一弯清冷的月光
打扫着蛛网尘封的窗，打扫着
流浪了二十年挣来的一层红砖房
二十多年了，老五，你挣得了
满头未老先衰的白发，和沧桑的脸上
一道道风雨冲刷出的沟壑

2

沿着今夜
你房间终于亮起来的灯

我渐渐地了解到这些年
你流落在城市角落中的艰难和无奈

你脸上的笑容展开了
让我在三月的烟雨中
久久地沉默

3

记得二十年前和你一起流浪的冬天
那些1992年的夜晚，露宿在天平架街头
月亮像一把寒光嗖嗖的刀子
半夜里我被逼得浑身发抖话语失控
老五，你伸出手臂和同村的哥哥
把我紧紧拥抱。抱着我
一次次寻找到那时的天亮

我不知道这么多年你去了哪里
我一直记得那一年的月光
像一把寒光嗖嗖的刀子
那一年你的手臂如此温暖

4

这么多年
锄头把月光挂在墙上
蟋蟀把镰刀弃在角落
你的田垄
生死未卜
你的山林
在时光中音信渺茫
每一条田间小道对你完全陌生
每一种作物和你互不相认

你成了自己家里
一个似曾相识的客人

5

今夜，你终于可以
把家里的灯摁亮
把窗子和门打开
你让家有了家的样子

有了家的生气

你把房间的声音唤醒了
你让凳子有了歇息的声音
墙壁有了站立的声音
自来水有了水的声音
厨房有了锅碗盆瓢的声音
灶台有了火的声音

你坐在堂屋的四方桌前
神色凛然
仿佛二十年前的父亲
等待着
月色中，子女们陆续归来

黄昏的村落

寒风寂寥的步履在村子里徘徊

一群鸟雀守护着

一座座空荡的房子

焕然一新的房檐下

生出些许杂草

黄昏的村落

仿佛在聆听一场远去的跫音

铺满一地的落叶卷起风的脚步

几个推着童车的妈妈

一群风中鸟一样飞走的孩子

点起山村稀稀落落的几缕炊烟

地头上，一个老人抡起锄头

使劲砸向四野渐浓的暮霭

不再有鸡鸭牛羊

唱响黄昏，不再有

农夫荷锄而归的图腾

奏响田园世代的风情

蛛网尘封的窗台下
一只鸟儿在窠窝里梦想着
它恍然听见有火炉围坐的笑语荡漾
常常一副扑克牌，一盘象棋
就把那时候一个嘘寒问暖的冬季
烘烤得和和美美

鸟鸣声里

鸟鸣声里

河水潺潺流淌

稻谷灌浆的声音

溢满了金色的阳光

地头上，长出一年四季的庄稼

玉米棒子积攒着金黄的怀想

一代又一代的渴望

酝酿成地层中暗自挣扎的瓜

和枝头上期待飞扬的果

鸟鸣声里

日子静静生长

春天一年一度在田野上归来

桃花照亮了一代又一代童谣

大雁归来时

油菜花欢天喜地地吹响了唢呐

吹响了新嫁娘红红火火的喜悦

一缕炊烟伸长成思念的高度

招摇着月光下鸟儿们回归的路途

鸟鸣声里

风吹过了村庄

一顶斗笠，一身蓑衣便把田野打开

一把锄头，一弯镰刀便把岁月谱写

风雨中，赤着脚把季节追赶

洒落的汗水使土地泥泞

使岁月不能自拔

使天空拔高了烈焰和亮敞

鸟鸣声里

麻雀飞过了山岗

黄昏时，三叔一头栽倒在果园里

再也没有醒来

那一园秋天成熟的果实

默默祭奠了他最后几天的后事

一份絮絮叨叨了一辈子的土地

最终接纳了他全部的刨根问底

九月，一群柿子站在枝头

九月，一群柿子站在枝头

把房前屋后的灯点亮

一场秋雨从山村走过

秋风带着一群瓜果

一野金秋，开始撤离

一群柿子照亮了

老人和孩子仰望的脸

照亮了夜色中回家的路

九月，一群柿子扯着阳光的衣纱

把逐渐降落的温度抵挡

长空中，大雁远去

散落的雁鸣让叶子渐渐飘零

河水枯了，花儿仍在开

田野里风霜打了一个呼哨

一群柿子把心中的灯点亮

九月，一群柿子点亮的灯盏

照耀着一片袅袅腾起的炊烟

黄昏中，她们

相互安慰，相互鼓励

聆听着风霜的脚步渐渐靠近

农贸市场

白菜、萝卜、豆芽

韭菜、豆角、黄瓜……

各式各样的蔬菜展露着

一个个水灵灵的清晨

显摆着田野里娇嫩欲滴的清新

让一只只贪婪的眼

一双双精挑细选的手

在摊位上去挑剔，去赏识

苦瓜、番茄、蘑菇

莴笋、芹菜、西红柿……

大棚种养的蔬菜

把隔山隔水的光景聚集在一起

让各逞风韵的季节奇迹般

冰释永不相见的前嫌

在这里，山村任何时候都显得清姿丽人

再干燥的目光也清淡水润

再冷漠的日子也爽滑可口

蔬菜区的摊位，一边

陈列着乡村田野的风景

一边摆放城市来的新奇

一堆堆，一摞摞

一颗颗，一扎扎

争相演示着原生态的青翠和鲜嫩

也演示着今年的年成和远方的行情

山村，在这里滋养着胃口

也补充它的维生素

今夜，月色如水（组诗）

棋　局

对门的邻居没事总喊我过去

对弈一盘

把楚河汉界摆开了阵营

无聊的时光渐渐风云突起

车窜马奔，炮轰卒逼

让围观的眼睛心急火燎急不可耐

仿佛稍有不慎日子就断送了前途

比那时候

我在虎门街头和人对垒还紧张

那时候，生活把我逼入困窘

饥饿捡起一盘棋局

怂恿我在路边摆起了擂台

一颗颗棋子心怀忐忑

一边挑衅着过往的行人

和他们手中存留的宽裕

一边又暗地里摩拳擦掌

打量着一个个心怀侥幸的对手

那时候，我的日子没有退路

每一颗棋子是一把带血的利刃

帮助我在虎门街头抢夺了三天的温饱

那时候，流浪的风

把黄昏刮得很痛很痛

那时候生活是一盘渴望破解的残局

老五回来说

老五回来说

那些房子喝着工人的汗水

越长越高

那些街道被许多小车越挤越宽

那些商场和铺面

抹去了我们那时候的踪迹

他在一家大型超市整整转了一天

他说清楚记得在一间有豪华试衣镜的地方

一块砖头砸伤了他的脚

在那里，连绵的阴雨和恐慌

把我们在一个简易的工棚里

整整拘禁了两个月

那天，他被商场经理狐疑地打量了半天

老五回来说

那里的天空变得多彩绚丽

温馨的风

抚平了每一条街道曾经的折痕

靓丽的花朵

绽放着城市广阔的前景和绚烂

许多的记忆如工地上的碎砖头

连同我在第十层脚手架上

随安全帽一起掉下的惊呼

也早已经被城市粉饰得风情万种

工　棚

那时候

雨一下就是许多天

使我至今回望的心头

仍然感到生命中的一些部分被淋得很湿

一些声音叮叮咚咚

敲打着雨幕里一座简易的工棚

和工棚里一群群明明灭灭的烟火

那时候，日子攀着希望

在城市的脚手架上流浪

我把青春从汗水中一次次捞出来

一次次拧干

那时候，我爬上城市的最高层

在风中云里眺望故乡的炊烟

那时候，我和老五他们

时常搁浅在风雨来临的日子

任凭思念一筹莫展地发霉

任凭劣质的香烟点燃许多无奈

还有浓烈的白酒浸泡那些迷茫

我们窝在工棚里，不知道

那一艘风雨飘摇的船会沦落到哪里

今夜，月色如水

今夜，月色陷入温柔

花朵陷入芳香

我的思念跋山涉水

在一片遥远的旷野里

遍地流淌

无边的空落中

打桩机的身影

兀立着呼啸而起的怅惘

城市在倨傲中

沉湎于千姿百态的梦

我二十二岁的青春

抚摸着渺茫的天空

如风般皎洁

如水般泛滥

新 潮 街

一张张琳琅满目的店招
心怀奢望暗自揣摩
把笑脸绽放成一只只伸长的手
牵住每一张到来的面孔

计算机忙碌的日子
在季节和阳光的鼓动中不断升温
来来往往的汽车增加着噪音分贝
风路过这里也是热的
空调的效果抚慰着
志得意满的心态

总有人渴望着
下一场突如其来的雨
总有人把日子掰开了
畜养着一只只不能安分的鸟
一条阴晴不定的街道
在日子里空阔地闪亮着

因为栽满了四季常青的树

新潮街留给人的感觉总是新鲜的

常常一声吆喝一种色彩

让山村兴奋许久争论许久

夜色中，一群女人

白日喧嚣的情绪逐渐低落
夜色进入全新的主题
路灯现场主持的节目中
一群女人成了粉墨登场的主角

转动着轻盈曼妙的脚步
忸怩着婀娜多姿的身段
一群女人
有声有色地舞蹈着心中的快乐

伴随一段喜欢的音乐
踏出一阵热情洋溢的节奏
像一阵风
快快乐乐地跳着
像一团火
风风火火地舞着

月亮在云端里饶有兴趣地观看

星星在夜幕中评头论足地指点

夜色中，一群女人

远离了柴米油盐的羁绊

无拘无束地摇曳着生活的多姿多彩

新潮街，跑起来

曦光中，一条道路跑起来

矫健的步伐

唤醒了鸟儿的呓语

唤醒了

沉睡的街道

和夜色中沉浸的心

夜，醒来了

揉揉眼加入了奔跑的行列

田野，醒来了

满野鲜嫩的禾苗爬起来

鸟儿，醒来了

清清歌喉

唱起了清脆欢快的田园晨曲

黎明，醒来了

越来越多的脚步，越来越大的阵容

跑起来，

跑起来

风，跑起来
云，跑起来
淙淙流淌的溪水跑起来
远处延伸的道路跑起来
正在长高的楼群跑起来

跑起来
跑起来

新潮街，跑起来
来来往往的车辆跑起来
一段崭新的时光跑起来
所有门打开，迎接着远方来的霞光
所有窗打开，迸发着心底按捺不住的向往

生 意 人

晨风中，卷闸门的声音次第升起
一个日子的帆影张扬起来
一种生活的渴望
在各式各种的夹缝中被阳光照亮

这些生意人，走出了田野
就完全忘了稻秧的长势
洗净了裤腿间的泥巴
用插过秧扶过犁的手
丈量着每个日子的宽和白天黑夜的长

夜里常常被涛声唤醒了
醒来也没机会去看河流的荡漾
只是把日子
专心耕耘在店里
把心事一茬一茬攥在手心

他们在春天有了青翠的打算

夏天又面临一些丰盈的想法
循规蹈矩摆放着柜台上的风景
有时候也把天空想得很精彩很浩荡

只有关起店门，才觉得累了
才幻想着日子可以停下来
可以静静地
看看叶子的碧绿，听听鸟鸣的舒坦
可是，第二天醒来
又发觉这想法多么奢侈多么可笑

新街 · 老街

新街衣着光鲜，越来越时尚
许多体面的事情
新街全部包揽
就像父母眉眼间扬起的骄傲
因为儿子小，因为争气
因为可以带来炫耀的资本
而越来越受到溺爱

老街恪守着一颗谦让的心
静静地关注新街
有一天，老街发觉自己老气横秋
似乎拖累了新街的光辉
于是，盘谋着可以改头换面
几经修缮，才发现
原来年岁老去，早已风华不再

山村逸事（组诗）

之一　那一辆车

那一辆车像一阵风

悄无声息地从村子里刮过

把村子里

那些热情纯朴的土鸡、土蛋和土鸭

还有绿色天然的青菜萝卜

带走

他说

他带走的是一份人情，一份牵挂

一份铭记于心的乡邻情谊

那些年

一辆接送科长的奇瑞让乡人觉得很亲近

后来就渐渐地很少回家了

后来听说升迁的地方离家远了

后来一辆富丽堂皇的宝马开了回来

只是，他的尾厢不再接受

乡邻谦卑的土特产

他说他的家里摆满了全世界

精美的果子和稀奇的美食

那些土里土气的东西

毫无用处又影响不好

他也不再伸出白皙柔滑的手

去紧握那些一度粗糙却亲切的乡音

之二　那一座山头

那一座山头

如一面旗帜

在大山深处如火如荼招展

它向阳的一面被一排养鸡场

整齐地规划着

它背阴的部分青草丛生绿叶繁茂

一群羊撒欢着自由自在的光阴

一个小伙子

弹着吉他，唱响白云深处的歌

他是这山头的王

他把一座荒冷的山头唤醒了

他把他的梦在大山中扬起

他驾一艘远赴大洋的船舰

从山村起锚

他把自己一度流浪了许多年的云

喊回来了

把漂泊很久的风喊回来了

他让天空知道

山村的地头上处处盛开着鲜花

处处涌突着清泉

之三　那一爿晒谷坪

那一爿晒谷坪作为村子里

仅有的公共财物

存留下来，就像一种传承

一种沿袭已久的风俗

村子里大大小小的事

在这里召开、讨论、解决

一代一代的队长在这里换届

在这里选举

一年一度的双抢和晚稻在这里晾干

在这里分选入仓

一朝一夕的早餐和午餐，有人

陆陆续续把碗端来这里

各家的妇女把家常搁在这里

各户的男人把走南闯北的传奇搁在这里

各自的孩子把游戏也搁在这里

在这里

七爷爷绘声绘色的评书

把我童年的月亮描绘得分外皎洁

把我的梦一直亮鲜地挂在云端

在这里，我们

骑着竹马扔着石子渐渐长大

在这里，谁家嫁女就把糍粑分给大家

谁家生了小孩就送上喜糖

谁家地头的菜早熟了就送去各户尝新

谁家儿女考上大学大家送上各自的心意

在这里，大家共同为生意受阻的小弟出谋划策

一齐替受了憋屈的女人讨回公道
在这里
我的母亲一次次走出村口
迎接我上学归来

村里人说，那一爿晒谷坪
是一盏勾魂的灯。千里万里
喊你回家的乡言俚语
是一块温热揣在胸口的烙饼
被远走他乡的游子啃得津津有味

之四　生日

相框里，老伴舒展着
生日的笑容
注视着，这一天
五奶奶穿戴得整整齐齐
虚弱不堪却依然泛着红晕的脸庞
老伴温暖的注视似乎已经知道
儿子亮敞却空冷的大厦，还是没有
那时候的茅草房温馨

五奶奶清楚记得

老伴生前喜欢的中山装

他每每黄昏中归来的身影

他还未进门时

那一声亲切温暖的呼喊

可是，现在

五奶奶只能

促使自己去记起

孙子放学的时候，儿子和儿媳

一天天远去的日子

五奶奶能记得的

还有角落里，那些

无能为力的药渣，那些夜色中

许许多多

无能为力的月光

之五　老木匠

你全部的行当被搁在角落里

打开它们的时候

依旧像遇见了久违的兄弟

那些斧头、刨子、钻头、锯子

睁着已经昏花的老眼

喊着和你患难了半辈子的时光

逐渐地说起

遥远的山风中，走村串乡的日子

你爽朗的声音

在每家每户的院子里抖擞

如今，一切

早已面目全非

那些房子高挺着

有了钢筋水泥的骨骼

那些树木大摇大摆乘车去了远方

那些门窗和家什显摆着

各种日趋完美的材质和款式

你像一个

失去了

所有对手的将军

玉　米

俗名叫苞谷的秆子到处都是

在夏季

它们挺直着单瘦的脊梁

舒张着长长的绿色叶子

宛如满身的手臂

护住了一茬又一茬沉甸甸的心情

在田埂上倔强地站成一排

在庭前院后稀稀落落地显现

也或漫山遍野满坡满岭聚在一起

没有选择没有要求

只要一小撮泥土就随地站成风景

瘦瘦矮矮的一棵也孕育出

一粒粒晶莹剔透的金黄

一棵秆子挡得了烈日的暴晒

合在一起就抗得住洪水的侵害

让头发和胡须在风中抖索

把心事裹了一层又一层

纵使满身泥泞也铆足了劲

在风中在雨里在黄昏

齐刷刷地呼喊

山村的又一轮成熟

秋后的山村

收获之后
田野把剩余的时光
堆成一个个草垛
大地空旷
天空逐渐高远

山村，把散漫的阳光
分散成一支支闲聊的烟
说出的话语慢了下来
一群羊走上山坡
寻觅着无所事事的日子

田野里
零零星星的萝卜和青菜
捡拾着
不断冷凉的风

只有那些草垛，仿佛

仍然执着内心金黄的温暖
他们守护着最后一枚柿子
听一片落叶
划过山村的声响

月色中，不再有一群孩子
在我的童年里
激情满怀地喊杀、冲锋

火车进村了

火车进村了，修路的队伍进村了
秋后的乡村，枝头上垂挂着一串串丰收的喜悦
一种梦想如一盏盏灯在山村的天空中渐次点亮
一种冀望在夜的深处涌动着不能入寐

秋风中，一位老人走出村子
他眺望着灯火通明的工地
他看到一条道路，正啃啮着他一生的坎坷
嚼碎了一路荒凉
渐渐地，显现出清晰的轮廓
恍惚间，一列火车穿过他指尖吸吮的烟卷
从电视荧屏前飞驰而来
呼啸着来到他的眼前，打开了车门
打开了他一生中未曾圆满的梦

远方归来的小伙，按捺住心头的兴奋
他的心里早就有了一条完整的铁轨
从自家门前起步，连通四通八达的远方

他筹划着他的村庄、他的田畴山野、他的鱼水稻香
还有蔬菜瓜果，从此可以坐了车皮坐了包厢
去畅谈天下，去浏览世界大大小小的城市

我用一生的时光呼唤你

我用一生的时光呼唤你

春天，我在青春醒转的光芒中

呼唤你

花朵走在开放的路途

百灵鸟在山谷中啼鸣

枝叶竞相吐绿

我叫醒了叶脉间青翠涌突的风

在一朵花蓄意含苞的时光里

静静地，呼唤你

夏天，我在枝叶葱茏的梦中

呼唤你

岁月展开了无与伦比的繁茂

大地峥嵘的内心光阴静美

鸟鸣声中灿烂着花开的时辰

青翠奔跑的原野水声流淌

阳光在一片悄悄爱慕的心灵中流金溢彩

秋天，我在菊花盛开的光焰中

呼唤你

大地逐渐冷凉

我的呼唤阳光般温暖

你以彩蝶翩跹的舞姿应和我

我们目光如拦圈一道篱笆的院墙

阻挡风，圈起秋日的暖阳

院子里丹桂飘香

就这样，沏一杯茶

静静听着时光在温热中老去

冬天，我在雪花激扬的飞舞中

呼唤你

山川寂寥

万物进入坦然的内心

你面色安然话语轻柔点燃我心底的渴望

其实，你就是一盆寒冷岁月的火炉

那些记忆的光斑和闪亮的色彩点燃

照耀着人世的温暖

往　事

夜色深处
雪花窸窣飘零的声音
由远而近
失落的风自荒凉之野
搜寻
你半生的踪影
黑暗中你取下一根肋骨
点亮灯

记得那时
花朵簇拥着星光
搭起春天的舞台
鸟把欢乐垒筑在时光深处

命运与你
从此
隔着一扇门
你与她
隔着一场雪

今夜，月明如水

今夜，还有比这欢乐更澄澈的水吗
还有比这虔诚更明亮的眸吗
浩天寰宇
悬浮着万众仰慕的一轮
一道道欢声笑语增加着你的光亮
一道道满足的眼神使你更加神采飞扬
你绝世的光华照亮了
尘世中一个纤尘不染的心愿

心亮了，便碧海蓝天
心亮了，便皓月当空
哪怕一丝不安都会遮住心灵的光辉
今夜，我清空了所有的雾霭
只为聆听生命中你光芒万丈的莅临
静谧中，你如花的声音潮水般响起
光的翅羽纷纷洒落

不要说

命运的雨水遮住了视线

不要说

山谷的寒风刮落了星辰

一些光亮留在了心底

一些声音凋落在寒风渐起的枝头

在岁月匆匆而来的奔忙中

一个身影在灵魂的房檐下日夜兼程

多想从此

夜夜的空中光芒飞升

多想从此

光明可以如水般快乐流泻

多想在你柔情似水的海里

撷取一个温暖的眼神，一句轻柔的话语

照亮我一生的夜

往事如灯

夜， 参差不齐
风在双手和两耳间翻来覆去
涛声高低错落
清冷处，往事如灯
如一只淌血的眼
刻骨铭心地醒悟着

你的痛，你刺骨的痛
风一般卷起满地纸屑哗啦作响
一片片叶子颤颤悠悠往下落
一阵阵雨点窸窸窣窣拂过

拂过
一个悄立孑然的身影
拂过
一阵冷凉彻骨的风
拂过
一片炫目痛楚的白

杨　梅（组诗）

一

那年，你从树下走过
我光秃的枝头悄然伸展
那年，你盈盈一笑
绽放成我生命中粉花娇妍的时刻
从此，一种思念
渐渐长成一树繁茂的青枝绿叶
一枚果子
在岁月且行且吟的风中暗自萌生

虽然，只是满怀的青涩
但只要有一阵风
就按捺不住地羞红
只要有一阵雨
便义无反顾地奔赴一生的熟
在一片摇曳不定的月色中
我愿意只是为你

数尽思念中那些不期而来的雨滴

可是，在一片秀色可餐的视野里
显现的，其实
是我一脸言不由衷的绚烂
那黎明中散落一地的
也只是无尽的幽怨
但如果，你愿意去品尝
你会知道
那一颗颗娇妍诱人的鲜红
包裹的只是一个个黄昏里
我心血荡漾的百般酸楚
和一次次风雨过后的牵肠挂肚

二

但如果，你早就知道
那青枝绿叶遮掩的
看起来黑里透红色泽鲜艳的果子
在甜润熟透的外表下
只是一颗鲜血流淌的心

但如果，你长途跋涉，远道而来

只为抚慰风雨中

我百般磨砺的酸

但如果，远处繁花似锦，韶光正好

你仍然愿意留下来

陪我一起细嚼岁月中

那些不为人知的甜

那么，就让我们

停下来

停在那句望梅止渴的成语里

彼此纠缠一生

石　榴

把一生的热情

绽放成一树火红的花朵

有一朵鲜艳

便有一颗相思的种子在心底蕴藏

有一叶苍翠

便有一份执着在暗地里萌生

只要相遇你亮丽的眼神

每一天都是一份喜悦

当温柔的焰火渐渐消失

那是我的爱

已经在心底有了甜蜜的结晶

每一次思念

每一个日子

都会在酸酸甜甜中

酿成一粒粒成熟饱满的果汁

桃

历经所有的风雨和夜色
只把自己长成一颗心的形状

风光里，把媚眼示人
落落大方地宣称
我有百般相思
我有万种风情
只要，你爱
只要，你真心打开我
那娇艳中丰盈包裹的核
和核里柔情万般的苦
我就许你
今生中全部的柔软和甜蜜

林　子

这个夏天，蝉声

把一片林子

浇灌得葱茏葳蕤

这个夏天，细碎的阳光

在婆娑的蝉鸣中

摇晃着点点碎金

这个夏天，翠绿的叶子

吸吮着一片月光轻柔的梦

一片夜色中

星光闪烁的喁喁细语

这个夏天

风声涨满了叶子水润的眼睑

这个夏天，她的心事花朵般

盛开

盛开成林子里

枝繁叶茂的绿，盛开成

蝉声中

暗自跳跃的火

一把雨中的伞

雨中飘来

一朵黄昏的云

那光芒，那娇妍

那粲然一亮的黄昏

梦一般来

梦一般去

来来去去

是一朵雨中盛放的花

仿佛一片天外的孤独

仿佛一许流年的感伤

音韵般响起

桃花般绽放

梦一般来

梦一般去

来来去去

是一把飘浮的伞

是一段悦耳动听的雨声

仿佛有一片天空

已被划伤

仿佛有一种寂寥

已被照亮

那光芒，那娇妍

那粲然一亮的黄昏

清　明

几声炮火
一沓纸币
把荒草封闭的天空打开
雨，纷纷扬扬
在思念里下着

荒天野地里
子规的啼声
散落，一张张
飘扬的纸幡

往事淅淅沥沥
从山岗上走下来
淋湿山道上
一把把飘忽的伞
淋湿
夜色里明明灭灭的灯

想　念

如果有一片绿叶肯在风中招摇

如果有一朵花点亮夜色深处的灯

如果黄昏

消散了田间心头的雾霭

我仍然愿意为你

写完那首尚未完结的诗

有一些优美的辞藻眉目含情

有一些生动的语法心怀虔诚

她们闪闪发亮等待着为你歌唱

她们只是期待着

向你说出

一只鸟

在春风浩荡中千回百转的喜悦

期待着你可以知道

所有百媚丛生的风中

所有星光灿烂的夜晚

你依然是我春天里

最妩媚最温馨的想念

梨 花

一树梨花在三月的路途

挡住我

她洁白地喊一声

我料峭的行色

瞬间被照亮

一树梨花，让我

看到了

满目春光

看到了

燕子在天空中飞过的身影

看到了阳光

在田野在树梢在草尖上

细碎爆裂的声响

三月，一树梨花

缤纷地

把我从夜色中喊醒

且用婆娑的光焰

刺痛了我

枕着你的歌声入眠

像鸟儿衔来了春天

像春风催开了千树万树桃花

清澈的溪水流淌在翠绿的原野上

金色的丛林中

一只奔跑的小鹿

洒落一地闪闪的阳光

我是一只安详的小船

轻浮于一江莺声燕语的波光中

哪一阵煦风把我轻摇

哪一缕微波抛撒絮语

哪一阵海浪啊

引领我幸福地起航

我愿失足

淹没在你温情荡漾的海里

我在心底挖一个洞把你掩藏

我在心底挖一个洞把你掩藏

从此，我的体内就有了你的歌声

从此，我的心底就有了你眸光闪闪

我不敢去雨里淋湿

生怕你会伤风感冒

也不愿天太炎热

你可能会脱水中暑

没有人知道你在我的心底

喧嚣的世界与我无关

我全身的血液和器官只是感知你的存在

你占据着我暗自的喜悦

也占据着我独自的思念

悄无一人时

我就把你拿出来观看

你一颦一笑让我觉得世界开满了鲜花

今夜，我在每一个梦的出口等你

今夜，我借了三千里路云和月

借了三百里崇山峻岭的时光

和三十年清新浩荡的风

还有湛蓝的天光中满山沾着露水的茶叶

那茶叶中你闪现着身影

今夜，我在每一个别离的路口

每一束思念的光影里

等你

如果花儿纷飞如果春风浩荡

那是我穿越而来的身影

如果月色盈盈如果星光四落

那是我寻觅你的踪迹

飘浮的云，潺潺的流水

以及所有你亲身历经过的地方

到处荡漾着你的笑脸

今夜，我只在每一个梦的出口等你

五月，一株稻秧

把秧苗插下去
把冷漠中搁置已久的空地
填满绿色
把一度空落的心田种下希望
有一些日子荒芜已久
有一些思念开始返青

五月，一场雨水来临
我们把田野打开
把一场寒冷中禁锢起来的心愿打开
春风注满了泥土的芳香
阳光灌溉着夏季的温暖
这个季节
鸟鸣青翠万物开始相爱

只要一株稻秧
我们就把时光喊醒，就把远方点亮

只要一片苍翠

我一定还你收获的日子

一片赏心悦目的金黄

今夜，是我的

至少，这清脆踏响的脚步
这一声声叩在夜的脊背上的声响
今夜，是我的

至少，这幽咽流淌的河水
这辗转在梦的边沿的叹息
今夜，是我的

至少，这流浪的山野之风
这飘荡在心和天地之间的孤魂
今夜，是我的

至少，这寂寥悬挂的星
这忧悒地燃烧在天边的你的眼
今夜，是我的

中秋断章（组诗）

一

风，沉入遥远的温柔
河水坠入亘古的相思
群山抚摸着夜色中
一个个思念的窗口

在水波粼粼的荡漾里
一盏灯，一轮月
照亮天涯海角

二

月圆了又怎样
月缺了又怎样
光洁耀眼的痛从来就在那儿

今夜，就让流水喧哗地

把往事洗白
就让清风浩荡地
把泪水照亮

三

今夜，飘香的是桂花
是满庭的芬芳
是陶醉的心灵

一片落叶
一阵风，一枝菊花
聆听着心底的温柔
和阳光轻飘的照临

静谧中，岁月穿山越水
奔赴
一个璀璨圆润的时刻

四

是谁，把一颗心
在天河的流水中濯洗
碧波荡漾
天海里，掀起万丈思念的光芒

是谁，用一只眼
在茫茫尘世中寻望
踏遍青山
总会邂逅一双熟悉的明眸

五

世界在你的期待中澄明

只要心中无雨
你将邂逅一片蔚蓝
只要眼底有风
你会迎来一轮皎洁

在万物敛息的山林

你抱守着一份流水的宁静

清澈，自如

六

一种欢乐在上升

一种歌声在上升

星子拭净了往日的荫翳

天空打开了前所未有的澄澈

一种不可遏止的呼唤

在天地间荡响

一种花朵的芳香

在相思的心中盛开

七

月光下，一串串葡萄

打开了内心的晶莹

打开秋风之中的热烈

是谁，心怀虔诚

独自触摸那隐秘的芬芳

是谁，举头望月

抱守一轮辽阔的幸福

八

收获后的田野

明朗，轻松

大地沉浸于一场金黄的潮汐

河水流淌的光焰

点燃起夜空下大山挺立的脊梁

在那样的金黄里洗浴一次

我疲惫的心从此不再空落

九

流水奔向最终的期待

花朵盛开全部的灿烂

你进入

一棵草，一株麦子

逐渐辽阔的内心

只 记 得

只记得

三寸金莲的奶奶拄着拐杖

在记忆中走来走去的模样

只记得她临终时

清楚地喊着她一个个儿孙的名字

只记得

她弱不禁风的身体

把一个家族葳蕤繁茂的枝干

牢牢遮掩在

三十岁就孤单了的身影里

只记得，在那些诡谲艰苦的年月

她颤颤抖抖带领七支劲旅

一步步走出雪山，走出草地

只记得

我把一颗纸包糖

留到放学回家，却终于

没来得及塞到她的嘴里
只记得，小时候每一次淘气
总是在她的怀里，逃过了
一场场风暴

我年年来到坟头
总觉得那紧密丛生的杂草中
有她留给
最小最宠爱的孙子的
一些好吃的零食

老　屋

老屋在风风雨雨中侵蚀得差不多了
和母亲衰老的脸一样干瘪皱褶

母亲却总不让拆掉
就像她房间里存留的那一块
我送给她的手绢一样
霉斑老旧了
母亲还是不愿丢掉

母亲常常久久地待在老屋里
待在她以前的光阴中
有意无意地拉开一些抽屉
一些已经破旧或空空如也的衣柜
她看到她年轻的笑容
在每个房间里灿烂
她花朵般的孩子在她粗糙的抚摸下
一天天在风中长大
然后像鸟一样四散飞去

留下老屋一样的窠

和窠里她守候了一辈子的灯

我们许久不回家时

母亲就去老屋里喊我们

喊每个孩子儿时的乳名

喊我们读书时的学名

喊我们每一次淘气和快乐的点点滴滴

黄　昏

母亲坐在庭院中

享受着余晖

享受着

枝叶中春天归来的喜悦

草地上，阳光伸出

温情的手指，摩挲着

时光中剩余的部分

摩挲着母亲头上最后一根

就要白去的青丝

一种坠落的声音在黄昏里

惊心动魄响起

覆盖在母亲身上的光泽

潮水般退去

就像她操劳了一生的累

奔波了一生的苦，还有

她不时从往日的光影中

努力挣扎出来的咳嗽

霞光般亮闪闪地从她的身上纷纷跌落

母亲，所有的树木已经醒转

已经重返春天的队列

你却一步步走向秋天深处

像一棵盛大的树

果实散尽枝叶秃冷

你在风中萎缩的姿态

让我的心一阵阵揪痛

母亲的菜园子

一幅色彩斑斓的世界地图
挂在母亲的菜园子里
母亲用了一辈子的时光去描绘去耕耘
在那里，每个子女都有固定的坐标
每个亲人有着明确的地盘

标记他们位置的
是各自喜好的瓜果蔬菜
东经110度花生长势正好
父亲的嗜好一样样长在母亲的惦念里
西经80度成熟绯红的西红柿
在阳光下荡漾地招惹着我的喜悦
南纬90度橙黄透亮的柑橘
芬芳地绽放着孙子喜不自胜的酒窝
更多更整齐的，是那些蔬菜
萝卜，莴笋，辣椒，香菜，大蒜
它们关系着一个家庭里生活的质量
母亲一丝不苟

把它们排放在精确的经线纬度上

一幅整整齐齐的地图被母亲规划着
母亲把小学二年级时看到的世界地图
描画着
她把世界划分成了一个个亲人的国度
把日子全都安排在对这些国度的访问里
每个国度里有不同季节不同的牵挂
有灶房里源源不断的春色

不管我们去了哪里
母亲总在她的菜园子里
默默计算着我们归来的日子
不管走了多久走向何方
我们的日子总飘着母亲菜园子的味道

如果你是春天对我的眷念

如果你是春天对我的眷念
我会在树木失去生机的心中等你
所有的叶片落尽
冬天正穿过它一生的梦魇
你的到来使季节解冻
使满山谷的梅花倾尽一生的妖娆
绽放着死而复生的火焰

如果你是春天对我的眷念
我会扯住一片梦的帆
把握住一杆星的竹篙
你的照临使世界风平浪静
你口吐幽兰，明眸皓齿
使风雨如晦的岸鸟哳莺啼

如果你是春天对我的眷念
我愿是田野里一棵百折不挠的麦子
我隐忍寒冬酝酿一生的粮食

只为在春天的枝头和你相遇

你的到来使阳光温暖

使花朵提前开放

使我茁壮饱满的内心免遭封杀之役

如果你是春天对我的眷念

我就在那些阴暗的枝头

点亮夜幕中最亮的星

静静地，等待你的到来

在绿叶葱茏馥郁的芬芳里

我们携手走过鸟鸣花开的时光

幸　福

一个风轻云淡的黄昏
一壶浅斟慢酌的茶

心灰意冷中一个灿烂的笑容
失魂落魄时一个关切的眼神

千里万里一盏为自己点亮的灯
天南地北一个自己牵挂的人

岁月途程中相濡以沫的一场牵手
远行的日子里轻轻传来的一声问候

一种鼓励在受伤之后把你扶起
一个肩膀在疲倦之时把你温暖

也许，仅仅是一个漂亮的眼神
一次默契中会心的一笑

桃 花

是谁，轻抚着

一瓣瓣

殷红飘落的伤痕独自心碎

是谁，刻骨铭心

记住了

那动情绽放的娇妍

是谁，泪眼朦胧

穿过

一个泥泞不堪的雨季

风雨中

一树桃花咀嚼着

内心的光焰

黯然销魂

它芬芳散尽，只留下

一缕香魂

在三月的天空中飘溢

只留下

一树爆绽而起的枝叶

在淅沥的心底

把一场缤纷散尽的音乐

一遍遍拨响

夜，碎了

夜，碎了
满天的星子七零八落下坠
呼啸的光亮
闪烁的碎片
划过梦的清冷的幽深处

这么多年
玻璃碎了一地
我把她碎了的眸光抓在手心

我不知道，她是否
还会想起
一朵花开过又凋零的模样
我只是把我的热烈我的明媚
我全部的春天
摁进了一首诗风声斑驳的字迹中

梅

终于，冷冽的风以无情的技法，放逐了我思念中
　　渐蓄渐盈的湖
终于，我以泪水做笔在青春展铺的宣纸上，涂写
　　出一个薄情而忧悒的季节
心念痴迷的日子，醉卧在花红柳绿的山坡上，我
　　已经梦想了许久
醒来，绿叶飘零，花木早逝，我恍然沦陷在寒风
　　瑟瑟的围袭中

承受着命运中冬的来临
承受着天地间寒流的侵袭
我撕心裂肺般，绽开一树傲然挺立的梅
雪地上，那一朵朵绽放的姿容，是我汩汩流淌的
　　血泪
冰天里，那一根根冷峭的枝干，是我灵魂倔强的
　　呼喊
寒风中，那一片片飘零的花瓣，是我今生撕扯不
　　清的痛

我享受着属于我的人生的独舞，我燃烧着荒野的
　水深的孤独

我只想，在春天来临的眼中，依然且媚、且笑

柑橘熟了

柑橘熟了，戴眼镜的小伙走出果园

他腼腆的笑容，在风中像一颗红透了的果子

春天开始，他就用心浇灌着一棵棵心爱的树，就
   像浇灌一朵朵花儿般悄然萌动的爱情

浓密的叶子遮住了风，遮住花开之后，一颗果子
   在月色中悄无声息地成长的秘密

不要说起，一颗青涩的果子被一片片绿叶悉心呵
   护的喁喁细语

也不要说起，一个个风雨过后，一个个倾心相许
   的动人黄昏

一阵阵温热的风拂过

一树树丰硕馥郁的芬芳，渐渐澄亮如天边绚烂的
   云彩

乡村，又一道动人的风景趋于成熟

鸟雀惊羡的翅膀掀起了一阵阵果园的馨香，也惊
   动了果园里一双熟透的目光

戴眼镜的小伙走出果园，脸上荡漾着甜蜜的笑容

他挥舞手机打探着天南地北的行情，也叩问着日

子里沿途的气候

再过几天，他就带着一车柑橘和那脸上甜得像熟

透了果子一样的姑娘，去南方蜜月旅行

黄昏，我捡拾着一方宁静

黄昏，我捡拾着一方宁静

黄昏，我捡拾着一方宁静

捡拾着

一个人的安谧

一片坦荡，丛生着

无拘无束的天籁

一片苍翠舒展着碧绿

一群翠鸟奏响天地之间的清韵

一阵风

拂尽我身上每一寸

纠缠不清的焦躁和不安

黄昏，远离了

喧嚣和繁杂的追逐

一路走过

天地之间风轻云淡

一条河在邈远寂寥处

天宽地阔地流淌

一片暮霭在大自然的帐帷

展开了风情万种

我的心头渐渐升起一弯明月

这么些年

这么些年

春风浩荡，山川秀丽

许多高楼大厦花朵般在天空中盛开

许多金碧辉煌春笋般日益膨胀着虚荣

许多春风得意按捺不住骄纵

这么些年

花朵在苗圃里竞演着高贵和芳艳

鸟在天空中比拼着凌厉和杀机

鱼在水底排演着妩媚和清纯

这么些年

善良被冷漠渐渐裹足

正义被贪婪不断瓜分

无耻、无知、不仁、不义

衣着光鲜，道貌岸然

这么些年

大东山寺院的钟声渐渐响亮

香客越来越多

声声木鱼，喃喃佛号

如风中的香烛，一次次

点亮你眉间缭绕的烟尘

和心底失落的光亮

塘

纷纷扰扰的花朵

在自鸣得意的天空中竞相开放

季节变化无常的情态

让你捉摸不定时光深处的那丝温暖

在岁月尘土般扬起的喧嚣中

你日积月累的孤独最终沉淀为

一方含山吞水的塘

几棵松柏几株翠竹抱守着

日子里心怀忐忑的表情

清风细雨

风花雪月

也不能让你有所改变

你只是无比清晰地聆听着

内心深处的水不断地沉积

终于，你的呼喊淹灭

终于，你的淹灭在所难免

在世人不屑一顾的眼里

你只是一方了无生机的死水

如果，没有一只鸟的歌

打捞起你夜夜梦里闪烁的星

如果，心底游弋的鱼

不能腾跃一个崭新的黎明

夏天之后

季节耗尽了最后一场热情

心就凉了

树木紧裹翠绿的体态

却遮不住渐渐显露的萧瑟

叶子葱茏的心中

依然放不下许多的依恋

没有一条经络可以返回

那些青翠涌突的时光

没有一滴水可以重新在叶脉间流淌

季节嬗递而来的步履中

有什么可以用心交接

一些花朵留在了曾经的心底

一些果实被命运之手轻易摘走

林子里，一树婆娑的蝉鸣

在秋风渐起的侵袭中

悄然冷凉

一片叶子

无可避免地飘零

一棵树

暗自抱紧了自己

一些日子

一些日子来来回回

一些事情反反复复

一些景象周而复始

一些面孔泯泯灭灭了，你还在擦拭

一些话语悠悠远远了，你还在捡起

一些风你始料不及

一些雨你猝不及防

一些路再逼仄你还得走

一些声音毛骨悚然你还得听

一些道路一旦选择就身不由己

一些话一旦说出就覆水难收

你恍然大悟心生悔恨时已日落黄昏

暗黑里，只留下

满天的星子

捡拾你一身的伤痕

我的马在月光下回来

我的马在月光下回来

站在发白的屋檐下

迷茫的身影疲惫着喘息着

它把人世间有一些路口走得很累

它依偎着我的肩头

湿淋淋的眸光

诉说着一路的风雨

诉说着一些阿谀逢迎的得意

一些心怀诚意的难堪

当初，它意气风发身形矫健

背负我的青春我的向往

期待着千里驰骋

期待着去草原上背回一轮明月

去戈壁滩上摘下一朵鲜花

它曾经夜行千里

来到她的窗前

只为把梦中的山峦打开
把干净的鸟鸣喂养

冥冥中
一匹仰天长啸的马
把黄昏走成了一种艰难坎坷
把命运走成了一片斑驳沧桑

也许，有一个冬天
会抛洒晶莹的雪花
也许，有一个春天
将打开壮美的辽阔
一匹心怀壮烈的马
黎明前，告别了我
尘世中义无反顾的心

正午的阳光

天空蓝得有些恍惚
道路无精打采前行
风在缄默中死死地等待
远方的消息

谁在微信点了一把火
然后，幸灾乐祸地看手机燃烧起来
一只蝉一阵比一阵长的聒噪
把正午的阳光点燃
把日子叫嚣得越发空洞

电视机里
一个女人拼死拼活地歌唱
她掀起的热浪让许多人疯狂
我端详着我的十个指头
它们还从来没有被人关注过

一些淌汗的情绪在空调下熄灭

一些庄稼仍在尘埃里生长

街道上

一辆汽车在欲火中奋不顾身

我擦干了额头上的汗水

在一本线装书敞开的时光里

寻找着

一句清凉的言辞

早安，朋友

清晨的第一缕阳光送给你
我听到的第一声鸟鸣送给你
第一阵沾着花朵和草叶芳香的空气送给你
早安，朋友
我的写着祝福和问候的第一首诗歌送给你

人世间，有太多的风雨
太多的阴暗
一片友好的白云可以装点亮丽的天空
一片灿烂的歌声会消散眼前的雾霾

早安，朋友
一阵和煦的春风穿越千山万水
一朵关爱的芬芳盛开万紫千红
在黎明变幻莫测的天空中
真诚的友谊盛开了绚丽的朝霞

怀揣一声亲切的问候

我们心存美好

迎接光芒中升起的太阳

踏上远天远地的征程

我知道

在岁月变幻莫测的枝头上

总会荡漾着你鼓舞的眼神

那遥远的夜色深处

也会有你最真诚的祝福

面对冬天

一阵雨打湿了黎明
一阵风刮落了夏天
早醒的街道打开窗子
透进冬的寒凉
一些日子过着过着就冷了
一些果实仍在枝头垂结累累

谁在春天里信誓旦旦
说什么心若桃花永远鲜艳
谁在夏天里激情满怀
说什么爱情青翠不枯不老
谁在秋风里跌倒，怀中撒落一地
谁在横亘的河流半路折返仰天长叹

一些路走着走着就窄了
一些风景看着看着就丢了
一个人走进林荫深处
再也没有出来

面对冬天

心怀豁达去迎接一场雪

岁末的原野

有枯萎的草，放弃歌唱的河流

也有守尽寂寥独自绽放的野菊

谁风满衣襟，沧桑阅尽

谁寒梅傲雪，独领一季风骨

阳光朗照的正午

阳光朗照的正午

大地静谧着千变万化的喧嚣

一条小溪在角落里低声私语

一只鸟清着喉咙媚唱

在东边已然长成阴凉的空地上

几棵桂花树肆意宣读着夏季的宣言

蝉在西边的草丛里安了家

此刻正表演着她们的正午大合唱

风依然不紧不慢地走来

一路上指指点点志得意满的样子

院子里，一只狗和鸡

在它们的地盘上追逐着

如果不是那一缕芳香

我几乎找不到这个正午的主题

一株柔弱的花草在角落里舒展着

娇小却坚韧的身躯

我甚至喊不出它的名字

我只是被她瘦小却艳丽的色彩吸引

被她的不卑不亢所打动

又一个季节

时光的马背上岁月匆匆扬鞭
我青春的影子
没来得及铺展开
一片叶子的经脉
黄昏就已经临近

野地里，又一个季节
垂下浩大的声响
迎风而起的云朵
聚集在深思熟虑的山头
庄稼把时光重新编排

我想，那漫山红遍的
不仅仅是秋天
一朵花沿着心底蜿蜒的光亮
一步步寻找着果实

霞光中，大雁远去

一弯新月

拭净了脸上的荫翳

再度穿风破云而来

感受春天

从生活忙忙碌碌的缝隙中

站起身

从钢筋水泥的日子

游离出来

享受一回清风四野

享受一种绿意荡漾

抬起头，让阳光

照临你的身体

让鸟的歌

走进你的心坎

山野里，春天早就已经安了家

桃花正沉醉于一树粉色的梦

梨花袒露出了洁白的心事

油菜花大张旗鼓地书写着爱的宣言

那蜜蜂多么幸运

它向着心仪的花朵

肆无忌惮地诉说着心底的情话

那蝴蝶多么幸福

在一片温情脉脉的注视中

心无旁骛地翻跶着心底的快活

你静下心

潜入一棵青草逐渐丰茂的内心

追随一只鸟去旅行

追随一只鸟去旅行
是一件多么惬意的事

一只轻捷的欢快的鸟
飞在清风煦暖的吹拂中
阳光温和地托起它的翅膀

它挣脱了日常生活的琐碎
和阴雨天气的桎梏
在我们头顶的天空自在自由地飞翔

蓝天展开了浩瀚无际的辽阔
我们追随一只飞翔的鸟
在青山绿水间徜徉
在江河湖海间放牧无拘无束的心灵

花儿在我们的视野里绽放

草儿在我们的歌声中碧绿飘荡

我们渴望蓝天白云

轻松无羁地翱翔

一场雨水

正月初十，一场雨水

开始清洗喧嚣的天空

春节的身影还未来得及辞行

山村已把全部的热情和祝福

寄存打包出去

逐渐清冷的街道上

一地散落的瓜子壳、糖果皮、水果皮

散发着一曲终了的怅然

院子里，那些大红灯笼和春联

咀嚼着剩余的喜庆

咀嚼着一家人匆忙的幸福

和来不及诉尽的衷肠

雨水把烟花和爆竹叫嚷的情绪

渐渐地抚平了

把山村欢聚一堂的痕迹慢慢地擦拭

一场雨水

让山村审视了应有的秩序

让桂花树如释重负回到一贯的清冷

让茶树收敛所有的欢欣

在梦里，悄悄酝酿一轮新的花事

春　节

烟花和爆竹渲染的空中

翻腾的浪涛在东边的村落轰然落下来

又在西街天翻地覆掀起

快乐怂恿着激情

在兴意正浓的日子里狂欢

有些声音在四分五裂中破碎了

有些角落在烟消云散后兀现

到处是堆满笑脸的面孔

空气中飘来言不由衷的问候

车辆匆匆忙忙中鸣响喇叭

把彼此的去向阻塞

道路提着大包小包挤挤掇掇

一些冷漠了许久的亲情

被红包重新温暖

一些搁置起来的友谊

被相聚的酒杯再度扶起

东奔西走的呼唤

天南地北的牵念

在觥筹交错中推心置腹

就像捂着一处伤痛

我攥紧了一份心底的宁静

一路奔逃

有一种麦子正在我们的视野里消失

日子渐渐散漫

土地慢慢冷去

当花朵失去了热情

当春天变得无动于衷

一种原来漫山遍野的庄稼在我们的视野里消失

一种金黄的颗粒在我们的生活中退隐

当汗水不再是成功的途径

当镰刀也不再是一种信仰

没有任何一种号子可以把季节鼓动起来

关起门点亮自家房顶的炊烟

打开窗子看到鸟儿四散飞去

地头上，千奇百怪的声音使欲望膨胀

庄稼逐渐荒芜

稻田大面积消失

那些一度泾渭分明的界线

在淡漠的视野中

渐渐被杂草淹没

漩　涡

平平淡淡的途程随着山势的转变

倏然波动起来

依然清澈的水流

不经意中有了不易觉察的变化

虽然明亮的眼神仍在荡漾

虽然整体的走向仍保持原来的形态

可是，水底的波涛已经起伏

情势已经急转直下

你身不由己

你顾及不了

往昔的风度，脸色骤然变幻

慌乱的步履来不及拾起

就被卷入了一场前途未卜的旋转

江水撕破了温文尔雅的脸面

所有的风声呼啸而起

所有的神情拼尽全力

灌溉着

旋转而起的黑洞

竹　鼠

一样的鼠类
却有着天壤之别的境遇
只不过你生对了地方
依靠竹的门户
凭借竹的声望
生下来就注定身价显赫

放任竹海，逐享青睐
混迹豪庭，标高身价
可是，也因你声名在外
常常一不留神
就成了别人的果腹之物

风　暴

像一只误闯禁区的鸟

我隐约坠入了一群猎枪的围逐

一整天，慌乱地窜来窜去

直到晚上

郁闷的袋囊依然胀得很大

我急切地想找一个可以信赖的朋友

向他排遣心中的惊魂未定

于是，一个朋友温和的面孔

浮现出来

她清澈的眸子纤尘不染

就像夜幕中的月亮

忽然间我觉得

我乌烟瘴气的喧嚣是否会亵渎

那姣好得仿佛不食人间烟火的美

我蠢蠢欲动的指头终于不忍去拨打

就像压抑了一场午后的风暴

我及时阻止了一场洪水的泛滥
我为自己的理智暗自庆幸
仿佛冥冥中护住了乡村的田野上
一片金黄闪亮的稻谷

春天，我想出去旅行

春天，我想出去旅行
一个人悄悄地带上简单的行囊
去阳光最温柔的人群
或者绿意葱茏的坡地
我总觉得，我应该重新认识一些人
一些事物

我知道春天是一件无比绚烂的事情
就像山野上那些花花草草
多么开心
多么阳光，多么舒畅
它们终于在冬天里等来了
一场焕然一新的开始

春天，所有的景象似乎都在积攒着生的活力
春天，我想放下那些磕磕绊绊的牵挂
一个人
悄悄地去旅行

因为这一刻的停留

这匆匆奔忙的一生，耗尽我体内的孤独和水

来不及看清沿途的风景，来不及

思量有一个可以停留的傍晚

这疲倦的马，这厌恶了的肉身

已匆匆走到黄昏

阳光似血的天空，我听到有一只孤雁叫得凄厉

到处都是汽笛的喧嚣

到处都是人影晃动的急促

这愚蠢的，这懵懂的，这慌乱的奔波呀

因为这一刻的停留，我发现我的旅途

已没有一个山庄可以到达

没有一个春天

可以停留

没有一轮月光啊

可以引领我去回顾，去看清

那一路被我不经意中错过的

有着花开，有着鸟鸣的村落

一些快乐和你格格不入

总是在这个时候醒来

窗外夜色正浓

窗外

夜色披着深不可测的氅口

把许多的光亮和呼喊紧紧捂住

仿佛夜莺，仿佛蝙蝠

从一生下来就注定只能在夜色中

去咀嚼去吞咽那些黑暗的颗粒

那些一生都化解不了的苦

你没有选择

就像一些快乐注定和你格格不入

一些痛楚却似乎与生俱来

在黎明不容分辩的路口，你只不过

和一场注定而来的雨不期而遇

只不过在岁月不可名状的背景中

目睹了一群蜜蜂

享尽春光百媚丛生的灿烂历程

落　日

那是一轮落日
浑黄，苍茫
向一片空蒙之中坠落
…………

那是在一个亚热带的南方
我们几个辗转流浪的乡友
走在一望渺茫的地平线上
远处
是正在修建的楼群
是竹笋般林立的渴望
我们疲惫的步履尽快拾起
希望在太阳落山之前
可以找到一盏安歇的灯
空旷的野地，一片灰蒙蒙的暮霭
一轮失血的太阳，在天际渺茫中，渐渐沉落
那阳光失血，苍凉，仿佛失去了热力
失魂落魄

那疲软的光焰

穿过了岁月的尘埃

至今，依然深深灼痛着我

使我总记得那份来自生活底层的艰辛

走进大东山

从碧山到武冈

从碧山到武冈，一路山水葱茏
春风浩荡六十里
一只布谷鸟的啼鸣逶迤迢递

一匹骏马扬鬃奋蹄
腾起天边一道巍峨的屏障
许多苍翠一波一浪掀起
一种温柔如风的目光
平坦得一览无余

我看到
花朵开在那些家门口
春天在田野、在丛林、在湛蓝的天空中奔跑
鸟雀把喜悦，把歌声，把春光翠绿的叶子
拨弄得油光绿亮
有一条河暗自尾随着
偶尔抬起头
猝不及防地喊一声

一路上，阳光铺满一地

仿佛我的寂寞

金光闪闪无人收养

答　卷

沉默的手臂齐刷刷举起

大大小小的山头写好了答卷

纷纷向天空要求发言

呼呼转动的叶子

是彼此激情洋溢的演说

太阳听得热血沸腾

月亮连夜做了一份千岭蓝图和万壑调研

大山有万丈豪情期待呈现

大 东 山（组诗）

走进大东山

走进大东山，走进一条千年静默的河流

一步步仿佛撞在生冷的墙壁，落地纷纷的沉寂溅

    落一地阳光的喧哗

不知道痛的是我，还是那一阵阵扑面而来的风

一种孤寂抚摸着孤寂生长成一种巍峨

一种空荡依靠着空荡绵延成一种逶迤

一些石头抱着月亮清冷的梦沉潜在远古的海洋

一些山谷睁着空荡的眼睛缅怀于茫然

而漫山遍野的树，立起了身躯，扯着喉咙举起一

    场不甘沉沦的呐喊

一次次，几乎把路走成一条断崖

突兀而立的峭壁在山穷水尽处，一次次把道路指

    向前方深处

在大山的腹部，时光水一样静止，似乎在微漾

又似乎一条恹恹而卧的老水牛，懒懒地反刍着那
　　些过往岁月里的风吹草动

海一般深沉的绿色中
一朵花撕破缄默窒息的胸膛，燃烧成一团火
寂冷的空气被燃烧得哗哗作响
妖娆艳丽的色彩，焰火迸溅
仿佛一道未曾泯灭的目光，自地心深处睁开了感
　　应的光芒
于是，山谷惺忪地醒来了
阳光望一眼天空，擦拭着林间氤氲的雾霭

而涛声在林间在沟壑呼啸，如一代代不甘沉沦的
　　灵魂冲天而起，渴望着冲出山谷
而鸟雀在林子里跳跃，风雨也不能抑制它的歌唱
它是大山活跃的神经，是岁月不曾懈怠的心脏

只有星星在天空站成一种永恒的守护
一群飞禽走兽收敛着躁动不安的心，把日子渐渐
　　还原成一种寻觅
如果侧耳细听，你会发现大山的胸膛有水轻轻流淌

静默中，石破天惊的一声怒吼

一位猎人再次举起

手中的猎枪，瞄准夜一般深沉的寂静

四分五裂的破碎中，一些光影血肉迸溅纷纷坍塌

一些景象扑着翅膀腾空而起

大东山，岁月沉淀的海底

我一步步走向你静默的高处

我想知道，哪一片山谷是你花开的地方

哪一处峰峦是你星光聚簇的家

大东山林场

黎明的光影中，一群血气方刚的鸟雀飞来

以歌声给大山重新定义重新命名

大东山从此不再寂寞

让枞树列成队列，让杉树站成队列

把山谷山坳山坡叫醒了，把太阳月亮喊过来

全部集训

——大东山发表了演说

大部分的坡地让杉树发表了宣言

豪情壮志染红了天边的云彩

枞树附和的掌声紧跟着响彻着山谷

它们义不容辞地宣读着自己的鸿篇巨章

还有竹子阐明的心迹让大山动容

大东山，在一群伐木工人热血沸腾的哨声中

袒露着整装待发的阵容

一把斧头，一把锯子开始篡改大东山的历史

一把锄头，一棵树苗开始阐述大东山的渴望

一声歌喉，一群赤血的汉子开始诠释大东山的心迹

把歌声唱响，把荒凉连根拔起，把一棵棵静默了

　　许久的呼喊声锯倒了

再让一阵深谋远虑的风送出山外

夜色中，熊熊篝火燃烧起来

呼呼的火苗在山谷升腾

在一群青春的面孔上窜来窜去

夜色中，月亮皎洁的身影在林子里徘徊

它轻盈的步履聆听着一棵棵树的鼾息

聆听着伐木工人升腾在树梢上的梦

满天的星子聚拢来商榷着明天的议程

大东山不再沉默，不再寒冷

一朵朵山花在天光里如火如荼盛开

一阵阵山风在大东山温热的胸膛千回百转

樱花的盛宴

大东山筹备了盛宴
让三月发出邀请函
所有心怀缱绻
优美善良的心灵
均可入筵

进入山林，便可见
婷婷袅袅的身影
三三两两，或小聚一起
探头探脑迎接你
那或洁白或粉红的姿采
在风中摇曳生香
如沉寂中一双曼妙的眼神
倏忽照亮了
猝不及防的心

你心醉神迷，一路
追寻她们的召唤

一片光彩鲜艳的天空

转眼排开瑶池的风光

天庭的音乐如梦如幻

粉红的霓裳，皎洁的云朵

飘逸而起，漫天而来

体态轻盈中

是一群轻歌曼舞的仙子

款款明眸里

是你梦中如醉如痴的歌吟

扯一角云里飘来的衣衫

闻着是酥软的体香

掬一捧风中起伏的光影

入口有甘醇的玉液琼浆

在这里，有你梦中

香浓的昵语

有一直缠绕你的

温婉的气息

在这里，时光是亮鲜的

如漫山的喜悦

一样灿烂，一样美妙

在这里，人生是光彩的

如遍地幸福

一样陶醉，一样缤纷

林 子 里

——谨以此诗怀念匡国泰在大东山居住的日子

谁在按着团箕的电话号码盘

拨打乡村的电话

喂，通了吗

惦记着青山童话的你在问

大东山的每一条山路

每一个谷底，在问

它们记住了

你的身影

记住了

一个以青山为梦

以诗为魂的人

你的草帽被一阵山风摘走了

你在山村中

走过了一天的时光

你骑着诗歌的白马走向高地

走向了世界

把你和大山喁喁的情话

留在林子里

留在

一只只鸟清脆的歌中

留在

一块块岩石沉浸的遐想里

让月亮和星星半夜里爬起来

让一棵棵树，一枝枝花，一簇簇草

满怀皎洁

在岁月中

一遍遍聆听，一遍遍朗诵

寺院里，一棵银杏树

听惯了晨钟暮鼓

看惯了香烟缭绕

人间世态在你眼底

流淌成一地无奈

恳求和哀怜的昵语

大殿里

荡漾的钟声，喃喃的经语

缥缈成山峦间

一片朦胧的烟月和抑郁的轻风

但你只是伸展着枝叶

在春荣秋枯中细嚼岁月的梵音

总有人在你的枝干中

聆听神的耳语

总有人在你的叶脉间

寻觅神的颔许

几十年的冥思苦想

你捋不清心底盘根错节的纠结

只有自身的悲悯

在日子里枝繁叶茂

如迎面而来的香客

越来越频繁和喧嚷的步履

你嗫嚅着

祈求大殿里的神医

赐一服可以天晴地朗的良药

桂 花 城 （组诗）

桂花城

桂花城，桂花聚簇的城堡
连天浓荫在水泥路面上参天而起
把城市夏日的烈焰和喧嚣
遮蔽得清清凉凉，爽爽快快
这是一个多么精美的奇思妙想

会有数不清的小鸟迁徙而来
把每一个平淡的日子绽放成音乐的盛宴
桂花飘香的八月
每一页窗似乎都在享受节日的晚餐
每一个日子似乎都香香浓浓的
这是一个多么振奋人心的时刻

桂花城，花儿盛开的部落
我们在你繁枝茂叶的庇护下出出进进
与鸟儿比邻，与清风明月为友

我们聚住在一起，仿佛你的枝枝干干

各自伸展，又共同擎起头顶天空的大伞

这是一幅怎样激动人心的画面

我在楼顶上晒一床阳光

我在楼顶上晒一床阳光

天，你帮我看住

风，你帮我看住

不让雨点打湿

不让阴霾遮蔽

不让鸟儿伺机掠走

这一床阳光弥足珍贵

它明朗、干净、坦坦荡荡

流淌着金子的光泽

使潮湿的角落明朗起来

使天空显得清澈辽远

花呀，可以来晒晒湿了的衣裳

鸟哇，可以抓一把带回家

打扫下每个房间

城市的天空遮掩了太多的阴暗

城市的角落隐藏着许多的寒冷

做一个二十四平方米国度的王

就像奏凯而归的将军
不要封疆不要封侯
不要成群的奴妾伺候
我只要一个二十四平方米的房间
一个可以自由自在无法无天的空间

走进来，一张椅子起身把我迎接
一壶温茶在那里等候
我脱下外衣，脱下
一天的忙碌和疲惫
关上门
安谧地聆听着自己的心跳和呼吸

这时候，一株铁树蹲在角落里
温暖的目光注视我
一盆墨菊，一坛兰花
悄悄地在案头上布施芳香

如果再有一曲舒缓的音乐

我的房间就像一叶扁舟

漂浮在冬日暖暖的阳光下

或春日里行走在处处啼鸟的江畔

更多时候，电脑帮我点亮房间的灯

照亮我前方行进的路

打开花草烂漫的三月

指引我去浏览去翻阅

一页页远天深海的传奇

有了它，黑暗中也能找到回归的路

书架上挤满的各式各样的书

他们是我今生唯一不设防的朋友

我站起来和他们热烈地促膝长谈

兴起处，我们去远古的峡谷中探险

去历史的长廊里赏月

或去唐诗宋词的草地上歇脚

去历朝历代的宫闱里捡拾一声幽叹

我是这房间的主人

我的房间绝对自由自在
甚至散漫放任
除了花和盆树守在各自的位置
衣服、书本、笔和纸
可以随意选择自己的地方
只要愿意，他们
也可以去歪歪斜斜地醉酒

我是这房间的主人，一个
二十四平方米国度的王

石 佛 庙

题记：

一段传奇

让米家村有了些许神秘

那石罩下的佛

千百年前就来到这里

小憩中侧身一卧

即成永恒

也许，是你在梦里太过舒坦

游离于一江清风细语的波涛

一直不愿醒来

也许，是你沉湎于金黄的稻香

在梦里坠入了季节的轮回

在万顷绿浪中找不到出路

也许，闭目之间你遽然明了

一份安逸和闲适的姿态

胜过人世间万千胜境

也许，你只是在静享

一刻风和日丽

在聆听

漫天雨点在天地间

走过的脚步

或沉浸于一江清澈的波涛

拨响静谧之中的弦

尘世之中

只要大肚能容

只要心底坦荡

天地之间风轻云淡天清气朗

可是，你已不愿醒来

醒来

便已面目全非

醒来

你已被形形色色的祈求

围堵在了一座庙中

醒来

江河改道，许多炊烟

正吞噬着天空

逐渐萎缩的湛蓝和宁静

画 眉 山

——谨以此诗祝贺大水田至香溪水泥硬化路面
落成通车

众鸟飞不过的天空

栖息着满山画眉鸟的啁啾

千山暮海里

鸟的歌

驮不起一片苍莽的黄昏

把大水田和香溪分掷两边

让他们代代耽于相思

却永不相见

看四时苍翠在木瓜山水库

清洗着晶亮的眸子

看逶迤山道上绿草放牧着牛羊

看黄昏在一个个打柴的身影里

找不到归途

一代代

山风嚼碎了月亮的梦

一辈辈

群山点燃起旭日的火

但你终于看到了神话，看到了

一条道路

扫除万丈的隔膜

扫除千年的冷

让一溜阳光、一缕春风

在黎明的天光中

在去香溪和大水田的路上

纵横驰荡

木瓜山水库（组诗）

1

大自然广袤的思想
蕴藏在千山万壑的心底
它最敏感的一根神经
聆听着天地之间的呼喊

是怎样的奇思妙想
和幡然而悟
大山把千年的沉默囤积起来
把白马山上涓涓流淌的神话囤积起来
囤积起来的，还有满山苍翠的鸟啭莺啼
和晨风暮霭间一代代飞扬的樵歌
囤积成丰盈暴涨的绿
囤积成一次次按捺不住的春汛

阳光的步履悄无声息
放养着一群星星和月亮的鱼

2

风，聆听着你的声音
闪电，窥探过你的心境
只有雨，清楚你恣肆汪洋的野心
你的心里蕴藏着大山
惊天动地的雷
在黎明中喷薄而出的一声呐喊

你屏声静息描画着天南地北的远景
一片掀动着春风万里
一片诞生斑斓色彩和神秘传奇的光

3

一滴水
记得一株饱满的麦穗
一个神话
点亮夜幕中万盏灯火
一种呼喊
一跃成为蓝图
一种执念
奔流成西洋江两岸千里绿波万顷稻浪的

一个梦

在远行的途中泛着金光闪闪的波涛

4

千万颗石头集聚在一起

聚成一个声势浩大的阵容和口令

聚成一团共同积攒的力量

聚成山峦间一块宏伟矗立的丰碑

迎立着风和雨

迎立迎面而来的洪水猛兽

千万颗石头攥紧了拳头

千万条肌肉紧绷的神经

千万声惊天动地的呐喊

铸成一个荡气回肠的宣言

一颗颗石头展开了

就是一个波澜壮阔的场景

每一颗石头记得一个热血沸腾的年代

每一颗石头酝酿着一个灯火辉煌的梦

每一颗石头用不屈不挠的意志诠释着

一份庄严的嘱托，一份千年的使命

张家界石林（组诗）

1

一片福泽绵延的土地
灵气庇护
一方聪颖大胆的山水
别出心裁

也许，只不过是
神的手指略施点染

2

一群巍峨的大山
就这么心甘情愿地养护着一群
心高气傲的石头
服服帖帖守在外围
让他们往惊天动地里长
往意气风发里长

只那么不经意地显露一眼

便让人心旌摇荡，叹为观止

3

如一群呐喊的手臂

在天地之间激情荡漾

一心一意寻思着鬼斧神工

挖空心思了让你触目惊心

或壁立万丈

或孤芳自赏

在奇绝幽胜处争险斗狠

在云海雾林中悠然自得

唱着渺渺山歌从芳宴中款款而起

舞着翩翩仙姿在天庭间轻盈曼妙

4

但这些石头是冷静的、理智的

它们胸有成竹，心怀苍翠

心如磐石却俏丽如削

体态坚毅却柔情似水

如歌似诉的身姿

丛生着一树树碧绿

风情万种的心中

布满一片妩媚和生机

天门山大峡谷

只要心意已决
只要有一线天的位置
那些清冷的石级
总会把你引领到
一个纤尘不染的世界

鸟鸣声里散落着几处茅舍
翠竹丛中挂起一缕炊烟
一树桃花照亮了檐前清风
一对鸳鸯戏耍着水中黄昏

一条干净澄澈的大峡谷
一条溪水潺潺的流淌
一群鱼儿不紧不慢的游弋
荡涤你喧嚣纷扰的思绪

没有热毒的阳光走过来打扰你
没有跌宕的情节制造不安

你可以安逸地去垂钓

一些与世无争的时光

也会有一些鱼

心存善念

触动你的浮标

也会有一些风

满怀真诚

摇醒树荫中点点光斑

光阴深处

一艘船

一条路

坦坦荡荡等在那儿

天子山索道

明知道命悬一线
我们还是把自己塞进一个匣子
且效仿者络绎不绝
只为这攀登之路
有一线生机就要死死地抓住

这一线悬挂的风景
风光无限，极目万里
命运会把你传送到
一个意想不到的制高点
有时云愁雾惨，烟困雨扰
常常一团迷雾遮蔽了所有

有些人欢呼雀跃
有些人意兴阑珊

西江千户苗寨

夜色中，芦笙吹起来

低沉苍凉的音符

如倾，如诉

如飞鸟的翅膀划过遥远的天空

那在黑暗里聚簇的灯盏

是漫长的时光深处孕育而成的宝石

是苍茫的尘埃中闪现的明眸

一盏盏，如古老的风铃

垂挂在岁月的房檐下

一盏盏

照亮了苗女头上妖艳的花朵

照亮了牛角的庄重和银饰的典雅

那糍粑春碓的夯声

那欢欣的祝酒歌谣

一步步

从遥远的光影中走来

热烈地，走成了

一个山谷逐渐灿烂的文明

舞 阳 河

含蕴在云贵高原心底
最清澈最明亮的一句话
终于荡漾而出
荡漾成
日积月累的岁月中最柔肠百折的情景

或者，只是一双一尘不染的眼眸
袒露在时光深处
穿过崇山峻岭的日子
婉转起伏的心情不改初衷

也许，舞阳河只是一位洁身自爱的隐士
孤傲寡合，生性高洁
远离俗世的喧嚣
超然于青山绿水之间
明朗如镜的心纤尘不染

让我泛一叶扁舟

从此航行在它的水上

只听清风之音

只闻明月之语

灯影里的山门镇（组诗）

灯 影 里

一抹鲜艳的肌肤，一丛亮丽的花朵
逐渐地
呈现着，变幻着

就像大街上的光和影
就像静静流淌的黄泥江水
就像月光下参差林立的高楼
提着一盏盏红灯笼
借助一些五彩斑斓的笔
描画着属于自己的千姿百态
兴致勃勃地
把那些过往和将来照亮了
也照亮了岁月之中
一片片浪花一簇簇喜悦

黄 泥 江

一条江走到这里
终于有机会可以寻思
岁月中闪现的一些光亮
借助一盏盏红灯笼
一条江打量着
那些波澜不惊的时刻
和心底里游弋而出的鱼

江水潺潺的流淌已无所谓
水面粼粼的波光已无所谓
江岸上，一声声梵音
如一只静美的手
按捺住了
夜色中全部的荡漾

走进松坡街

走进松坡街
一盏盏红灯笼照亮了
一个童年走过的身影
私塾里，书声琅琅
正襟而坐的将军气宇轩昂

走进松坡街
走进一段风起云涌的天空
紫禁城里，韬光养晦
心底下却忧心如焚

走进松坡街
我看到历史的天空中
将军挥戈跃马英姿飒爽的姿态
一手抵住了
封建帝制复辟的野心
一手振臂一挥
掀起护国运动高涨的烈焰

走进松坡街

跟随一盏盏红灯笼

来到将军魂兮归来的故里

我不敢轻叩一页天翻地覆的往事

不敢惊扰将军忧国忧民壮志未酬的梦

凤凰古城

一个幽居深闺的

绝美女子

被一位书生在神牵魂绕的梦中

揭了盖头

从此，芳名远扬

从此，天南地北

便有人慕名而来

沿着沱江百年的风雨，目睹了

一颗明珠璀璨艳丽的光芒

从此，你便渴望着

在沱江的岸边放一艘船

观花赏柳一生

或做一尾《边城》的鱼

游弋在一江清澈流逝的风情中

无聊时携一壶土家族的纯酿

摆几碟苗家的土特产

或牵手一个着苗家衣裳的女子

款款地走在

一条条被做姜糖和糍粑的夯声挤对的

扭扭捏捏的幽巷小街中

或一个人悄然走进苗寨

走进一片神秘幽远的烟霭深处

追随满山浪卷的山涛

漂流而去

或头枕着湘西漫山苍翠的风

梦想着唤醒那一只沉睡的凤凰

骑在它的背上

去飞越沈从文笔下的山山水水

谒魏源故居

青山一路迅突而来
流水一路高歌而来
乘兴而来的
还有突起变幻的天际风云
来到金潭，来到一个
山川灵动，大地秀美的村落

看一树翠柳撑开一伞华盖
遮立着一个高瞻远瞩
放眼世界的英魂
看四壁绿萝葳蕤昌盛
守护着田野里
一座翰墨飘香流烛照寰宇的院落
看一道门楣，三间瓦房
率先拨开历史的雾霭
敲响门外虎视眈眈的警钟
撰写出
一个民族必须强大的旷世巨篇

夕光里

绿树一排排，青山一行行

仿佛仍然手执诗卷，临风长吟

那碧波千里，稻田万顷

仿佛还在天地间凛然上书

"师夷长技以制夷"的安邦良言

岳 麓 山

其实，去岳麓山无非是去

岳麓书院那些圣贤先儒的目光里走一走

看孔子门徒三千，听庭院内之乎者也声清朗

无非是看满山的翠枝绿叶，在晨风暮霭中

静静地抒写一首空灵秀美的诗

无非是听一群温文尔雅的鸟有条不紊地讲述着

道家、儒家和佛家的经典学说

无非是一路上不断发现一株株奇花异葩

在幽古邈远的空中悄然盛开，仿佛

历代先哲圣明的心得和教诲

无非是看满山的红叶一年一度虔诚地盛开

虔诚地守护着热血抛洒的忠魂

和功勋卓著的先烈

无非是看一树树古木领略了千年风云

在长沙会战的烈士墓前肃然起敬

无非是听沟壑苍岭间

一声声流水， 一声声梵音

把疲于奔忙的心荡涤得澄明清澈

无非是沿一条书山之路登向高处、深处

不断经历柳暗花明的情景

不断敞开一览众山小的喜悦

再见了，镇远古镇

再见了，镇远古镇

我匆匆的步履走进了

云贵高原深处

一朵花绚丽绽放的光焰中

我在仓促间触摸到了古城墙

千百年前的余温

和砖墙中传来的远古的低吟

我有一片感叹

被舞阳河的流水轻易掠走

我有一声惊艳

被夜色中的万盏灯笼点燃

那精美来去的游艇

把两岸的风光悉数装入我的行囊

那古老的城堡和楼头

在我耳旁荡漾着远去的钟声

我不会再沉醉你

满街上姜糖飘溢的香甜

也无法再流连你

满目的风物

我只是一个过客

只是掠走了

那些入目所及的绚烂

却把梦遗落在了

你缤纷点燃的天空中

遥望白马山

一个隐住深闺的千古佳人，声名远播
静静地，立在那儿
吸引着无数的目光，无数渴慕的心灵

风轻云淡的日子，我们望你
阴雨霏霏的时候，我们望你
月朗星稀的夜晚，我们望你
你隐现在丛山峻岭之中，时如仙子采花归来，时
　　似美人始出浴
我们望你
望你的清姿丽容，望你年久弥新的神话和传奇
你就像一个美丽的梦，盘桓在我们的心间，挥之
　　不去，愈久愈现清晰的轮廓

小时候，你是一个迷人的传说
在那些清凉的夏夜，月光的晒谷坪上
我们从七爷爷忽闪忽闪的烟卷上聆听着你的神话
你的传奇

长大些，你是一个绚丽的憧憬

总渴望可以亲临

你的仙境，总渴望可以一睹你的芳容

你就像村子前流淌的那一条淙淙的小河，唱着歌

淌过一个个黄昏，一丘丘稻田

也淌过我们童年时代的高粱地

你伫立在那儿，静静地

烟雨蒙蒙中，莺语呢喃里

笼一抹烟纱，着一袭黛色衣裳

仿佛一声低低的呼唤，在我东奔西走的岁月里

总忍不住回过头张望

仿佛满天空下着的淅淅沥沥的雨

在我远离家乡的日子身前身后地述说

你是盘踞在夜空中的一颗星

挂在树梢上的那一轮月亮

一次次，我们凝望着你

一次次，聆听着你邈远的钟声

你的传奇汇成一条河，灌溉着奔流而来的岁月

灌溉着西洋江两岸炊烟袅袅的村落

稻谷黄了，麦子熟了，河水涨潮了

蒙蒙烟雨中，翻飞的云雀把你的歌声撒向天宇